Jutta Fellner-Pickl
Warum der Engel lachen musste

Jutta Fellner-Pickl

Warum der Engel lachen musste

Neue Geschichten zur Weihnachtszeit

Bibliografische Information der Deutschen Nationalbibliothek: Die Deutsche Nationalbibliothek verzeichnet diese Publikation in der Deutschen Nationalbiografie; detaillierte bibliografische Daten sind im Internet über http://dnb.d-nb.de abrufbar.

©2017
Herstellung und Verlag: BoD – Books on Demand
Norderstedt
Illustrationen: Antonia Franke
ISBN 9783744890762

Erstmals erschienen im Claudius Verlag 1992 (vergriffen).

INHALTSVERZEICHNIS

SIEHST DU DEN STERN 7

CHRISTKINDS WIEGENLIED 8

ALS DER STEIN ERWEICHTE.......................11

OCHS UND ESEL..13

VOM WEIHNACHTSSTERN 16

UND DIE WINDE VERSTUMMTEN… 19

WARUM DER ENGEL LACHEN MUSSTE..22

DER ÜBERMÜTIGE KOMET 26

DER SCHWERMÜTIGE KAKTUS 29

DER BLINDE HIRTENKNABE 33

DAS KLEINE LICHT 37

DIE VERGESSENE TROMPETE 40

GLORIA IN EXCELSIS DEO 43

DIE NACHT DER TIERE...............................49

SIEHST DU DEN STERN

Siehst du den Stern,
das Licht dort im Dunkel?
Auch wenn er fern -
schau, sein Gefunkel!

Er zeigt dir den Weg,
du brauchst nur zu gehen.
Über Flüsse ein Steg
und ein Schiff auf den Seen.

Auf Bergen ein Pfad,
durch Schluchten Geleite.
Der Engel schon naht,
verkündet groß` Freude.

Licht überall,
die Nacht ist so helle.
Stern über dem Stall,
all` Hoffnungen Quelle.

Schau nur das Kind,
leis weint es im Schlafe.
Längst ruht der Wind.
Es blöken die Schafe.

Hirte von fern
hat das Kind schon gesehen.
Den Weg zeigt der Stern.
Komm, lass uns gehen.

CHRISTKINDS WIEGENLIED

In jener Zeit, als von Kaiser Augustus der Befehl ausging, alle Menschen im ganzen Reich zu erfassen und aufzuschreiben, machten sich auch Maria und Josef auf den Weg nach Bethlehem, wo das Christkind geboren werden sollte.

Damals herrschte im Himmel einige Aufregung; so viele Dinge mussten bedacht werden. Es war zwar schon alles vorausgesagt und der Stall von Bethlehem längst gebaut. Aber die Engel sollten sich genau an den Plan halten, und es fiel ihnen durchaus nicht leicht, himmlische Verhältnisse mit den Gegebenheiten auf der Erde in Einklang zu bringen, denn im Himmel hatte man es ja nur mit geistigen Dingen zu tun. Außerdem gab es Unstimmigkeiten darüber, welches Schlaflied die Engel dem Christkind nach der Geburt singen sollten. Die einen meinten, eine lustige Weise würde das Kind erfreuen, die anderen beharrten auf einem mehrstimmigen Choral. Schließlich entschieden sie sich für ein leises Wiegenlied, und es wurde allerhöchste Zeit, dieses einzustudieren. Ein paar Engel wurden aber schon vorausgeschickt, um den Stall von Bethlehem etwas wohnlicher zu gestalten.

In einer Ligusterhecke neben dem Stall wohnte ein schwarzer Vogel. Er war nicht mit seinen Kameraden in den Süden gezogen, denn sie, die alle gut singen konnten, hatten ihn dauernd gehänselt, weil er nichts anderes hervorbrachte, als ein armseliges Piepsen. Nun musste er zusehen, wie er über den Winter kam. Manchmal, wenn das Tor offenstand, flog er in den

Stall, um ein paar Körner aufzupicken, die beim Füttern von Ochs und Esel abfielen.

Eines Abends beobachtete der Vogel im Stall einige Engel, die frisches Heu in der Futterkrippe verteilten und den Staub vom Dachgebälk fegten. Natürlich wusste der Vogel nicht, dass es Engel waren, aber diese Wesen gefielen ihm sehr gut, da sie auch Flügel hatten – nur goldene natürlich. Weil er ein wenig neugierig war, wollte er wissen, was diese ungewöhnliche Betriebsamkeit bedeutete, - und blieb im Stall.

Die Dunkelheit brach herein und die Engel entzündeten eine Laterne. Beim Schein des Lichts bürsteten sie das Fell des Ochsen und des Esels, bis es herrlich glänzte. Später betraten ein Mann und eine Frau den Stall. Sie froren und sahen müde aus. Der Vogel bedauerte sehr, dass die Engel plötzlich verschwunden waren, und versuchte immer wieder, sie irgendwo zu entdecken.

Plötzlich wurde es strahlend hell im Stall. Das strahlende Licht ging von dem neugeborenen Kind aus, das die Frau in die Futterkrippe gelegt hatte.

Darüber vergaß der Vogel sogar, weiter nach den Engeln zu suchen.

Das Christkind lag ganz still in seinem Strohbett, aber es konnte nicht schlafen ohne Wiegenlied. Seine Mutter Maria war zu erschöpft, und der heilige Josef konnte nicht singen. Eigentlich hätte nun das Schlaflied der Engel erklingen sollen, doch diese hatten sich verspätet – im Himmel gibt es ja die Ewigkeit, dort ticken keine Uhren.

Weil das Christkind nicht einschlafen konnte, fing es zu weinen an. Dies tat auch dem schwarzen Vogel, der noch immer alles interessiert beobachtete, sehr leid. Er wollte gerne dem Kind, das alle im Stall so glücklich machte, eine Freude bereiten. In diesem Moment – er wusste später selbst nicht, woher er den Mut dazu nahm – sang der Vogel. Er sang mit Inbrunst und Hingabe, und was da erklang, war beileibe kein armseliges Piepsen, sondern eine zauberhafte Melodie, so schön, wie sie vorher noch keiner gehört hatte.

Als der Gesang des Vogels verklungen war, herrschte im Stall andächtige Stille, so aufmerksam hatten alle gelauscht, sogar der Ochse und der Esel. Das Christkind lächelte schon zufrieden im Schlaf. Der Vogel fühlte sich sehr glücklich. Gott, der Herr, der immer einen Ausweg weiß, hatte ihm diese schöne Stimme gegeben.

So singt auch heute noch, oft tief im Winter, die Amsel ihr Lied voller Lust und Freude, wie es erstmals für das Christkind erklang.

Höre nur – es klingt wunderschön.

ALS DER STEIN ERWEICHTE

Der Stall zu Bethlehem, wo das Christkind geboren werden sollte, war nicht gerade komfortabel eingerichtet. Schließlich hausten ja auch Tiere darin. Zum Inventar gehörte ein alter, grauer Stein, den der Bauer benützte, um seine Sense zu wetzen. Der Stein war hart und gefühllos, und das musste er auch sein, wenn dauernd auf ihm herumgeschlagen wurde. Ob er vielleicht auch so etwas wie eine Seele besaß, konnte niemand sagen, das heißt, vielmehr hat sich keiner darüber Gedanken gemacht. Unbeweglich ließ der Stein alles mit sich geschehen, so auch die Vorbereitungen für die Geburt des Christkinds.

Als das heilige Kind dann in der Nacht geboren war, hatte es zwar eine Krippe, etwas Stroh und ein paar Windeln, aber das zarte Köpfchen lag auf dem groben, harten Stroh, und es war auch nicht ein kleines, noch so winziges Kissen vorhanden, das hätte darunter geschoben werden können. Die Engel aber durften nicht eingreifen, denn schließlich stand es so geschrieben, dass das Kindlein arm und bloß da liegen müsse.

Der Stein hatte das ganze Geschehen bewegungslos verfolgt; denn was ging es ihn schon an, um ihn kümmerte sich doch auch keiner. Die Mutter Maria aber in ihrer Hilflosigkeit ob des Kindleins Armut schlug die Hände vors Gesicht und fing leise, aber schmerzlich an zu weinen.

Da erweichte der Stein, denn er hatte noch nie einen Menschen weinen sehen. und in dem Moment, wo alles Harte, Beengende von ihm abfiel, erwachte ein Glücksgefühl in ihm, das er bis dahin nicht gekannt hatte. Je mehr dieses Glücksgefühl von ihm Besitz ergriff, umso weicher und wohliger wurde er. Und weil er der Mutter Maria eine Freude machen wollte, schlüpfte er flugs in die Krippe und legte sich dem Christkind unters Köpfchen.

Der heilige Josef hatte die Szene besorgt beobachtet und den Stein mit Misstrauen bedacht. Weil aber das Christkind zufrieden lächelnd eingeschlafen war, meinte er, dass es damit schon seine Richtigkeit haben müsse. Nun hörte auch Maria auf zu weinen und streichelte das Kind und den Stein, der sich anfühlte, als wäre er aus samtenen Daunen.

Seit dieser Nacht gibt es das Wort:

„Jemand hat geweint zum Stein erweichen."

OCHS UND ESEL

In dem Stall, in welchem das Christkind geboren werden sollte, lebten ein Ochse und ein Esel. Sie lebten nicht gerade friedlich, miteinander, sondern eher so nebeneinander her, weil sie sich nicht besonders gut leiden konnten. Der Ochse war dem Esel zu träge, der Esel dem Ochsen zu störrisch – deshalb wussten sie eben nicht viel miteinander anzufangen. So war es nur eine Art Zweckgemeinschaft, denn sie hatten eine gemeinsame Futterraufe. Und wenn es ums Futter geht, hält man es meist doch miteinander aus. Das war aber auch ihre einzige Gemeinsamkeit.

Als nun der Erzengel Gabriel der Jungfrau Maria die frohe Botschaft überbrachte, dass sie die Mutter Gottes werden sollte, schaute er auch gleich in dem Stall vorbei und hielt dem Ochsen und dem Esel eine Rede. Sie müssten, so bestimmte er, ihre gemeinsame Futterkrippe dem Christkind zur Verfügung stellen, wenn es geboren sei, denn das Kind hätte kein Bett. Doch damit nicht genug – sie sollten außerdem das Kind auch noch mit ihrem Atem wärmen, wenn es frieren würde.

Der Ochse nahm die Nachricht eher gelassen hin, ihm war sowieso meist alles gleichgültig. Er dachte nur: zum Wärmen des Kindes bin ich sicher zu faul. Der Esel aber regte sich fürchterlich auf. „Ist es nicht genug", sagte er zum Erzengel Gabriel, „dass ich dauernd schwere Körbe tragen und meine Freizeit mit diesem trägen Ochsen verbringen muss? Soll ich jetzt vielleicht auch noch vom Boden fressen und meinen eigenen Atem hergeben?!" der Engel schüttelte über so viel Unverstand lediglich den Kopf, breitete seine Flügel aus und entschwebte.

Der Ochse wusste, was jetzt wieder auf ihn zukam – er musste sich das Geschimpfe des Esels anhören. Der Esel beklagte sich über dieses und jenes, wie schlecht die Unterkunft und wie mager das Futter sei, wieviel er arbeiten müsse und was ihm nun außerdem noch zugemutet werden sollte. Irgendwann war das sogar dem trägen Ochsen zu viel. Er sagte dem Esel die Meinung, und von da an sprachen sie überhaupt nicht mehr miteinander.

Eines Abends kamen ein Mann und eine Frau in den Stall, um dort zu übernachten. Der Ochse sah gelangweilt zu, wie sie sich im Heu niederließen. Der Esel aber verfolgte die Angelegenheit mit Misstrauen, nachdem tags zuvor nochmals der Engel bei ihnen vorgesprochen und gesagt hatte, dass nun die Zeit für die Geburt des Christkindes gekommen sei. „Ich werde", so dachte der Esel bei sich, „den letzten Strohhalm aus der Futterkrippe fressen – soll die Frau doch sehen, wohin sie ihr Kind dann legt – und in die entgegengesetzte Richtung hauchen, wenn das Theater losgehen wird."

Aber irgendwie fühlte sich der Esel seltsam angerührt – er ließ das Heu in der Krippe liegen. Auch der Ochse verlor etwas von seiner Trägheit, denn es wurde plötzlich strahlend hell im Stall, als die Frau ihr neugeborenes Kind in die Futterkrippe legte. Es war eine bitterkalte Nacht, so dass das Kind fror.

Der Esel fühlte sich hin- und hergerissen. Mit seinem Eselsverstand konnte er noch nicht so recht erfassen, welches Wunder geschehen war. Er zierte sich ein wenig und bockte vor sich hin. Auch der Ochse dachte etwas langsam. Er trat bedächtig von einem Bein aufs andere und wusste nichts Rechtes anzufangen. Doch endlich begriffen auch sie. Dieses Kind rührte an ihr Herz.

Der Ochse und der Esel sahen sich an; sie sahen sich wirklich an – zum ersten Mal in ihrem Leben. Und zum ersten Mal waren sie sich plötzlich einig: sie wärmten beide das Kind mit ihrem Atem.

Von Stund an blieben sie Freunde. Der Ochse war nicht mehr so träge und der Esel nicht mehr so störrisch. Und jetzt hatten sie außer ihrer Futterkrippe noch eine Gemeinsamkeit – sie hatten das Christkind mit ihrem Atem gewärmt.

VOM WEIHNACHTSSTERN

Diese Geschichte handelt nicht von einem Weihnachtsstern am Himmel, sondern von der Blume, die den Namen „Weihnachtsstern" trägt. In jener Zeit, als die Geschichte passierte hieß die Blume noch anders; doch ist nach den Geschehnissen damals ihr früherer Name in Vergessenheit geraten.

Bei den himmlischen Vorbereitungen zur Geburt des Christkinds durften natürlich auch die Blumen nicht fehlen. Es kamen nicht viele Arten in Frage, denn welche Blumen blühen schon im Winter? So war da eigentlich nur die Christrose, die sich ohne Zögern meldete. Und obwohl die Blumen sonst sehr demütig sind, fand sich keine weitere bereit, in der Winterkälte bis zum Stall von Bethlehem zu gehen. Mit einer Blume aber gaben sich die Engel nicht zufrieden. Nachdem der Herr alle Pflanzen und Blumen erschaffen hatte, wäre das für den Gottessohn ein Armutszeugnis gewesen.

Nach langen Beratungen fanden sich noch das Schneeglöckchen, das Gänseblümchen und der Krokus bereit, die Christrose nach Bethlehem zu begleiten; sie blühten ohnehin manchmal im Schnee. Mit vier Blumen aber waren die himmlischen Boten immer noch nicht zufrieden. Vorsichtshalber zogen sich deshalb die Rose, die Nelke und die Lilien in die hintersten Reihen zurück.

Nun trat eine Pflanze mit grünen Blättern hervor. Sie war sehr bescheiden und meinte, sie würde zwar nicht so viel hermachen, aber das sei doch immer noch besser als gar nichts. Und weil sie nur manchmal ganz unauffällige Scheinblüten habe, würde ihr der harte Frost wohl auch nichts Schlim-mes anhaben. Damit waren die Engel endlich doch einverstanden.

So machten sich die Christrose, das Schneeglöck-chen, das Gänseblümchen, der Krokus und die Pflanze mit den grünen Blättern auf den Weg nach Bethlehem. Kalt war es, beschwerlich und unheim-lich in der finsteren Nacht. Der Wind riss an ihren Blättern und wollte sie gleich fortblasen. Irgendwann aber begann am Himmel ein Komet zu leuchten; und wenn er auch keine Wärme sandte, so war sein Licht doch tröstlich.

Mutig schritten sie voran. Aber je näher sie dem Stall kamen, umso ängstlicher wurde es der Pflanze mit den grünen Blättern ums Herz. Worauf hatte sie sich da nur eingelassen! Blühende Blumen sollten vor das Christkind hintreten, nicht Pflanzen mit grünen Blättern. Immer langsamer wurde ihr Schritt. Sie dachte an die Rose, die Nelke, die Lilie – wie sie blühten und dufteten, und dass sie selbst mit keinem einzigen Blütenblättchen vor dem Herrn bestehen sollte.

Als sie nun endlich beim Stall ankamen, traten die Christrose, das Schneeglöckchen, das Gänseblümchen und der Krokus vor die Krippe. Dem Jesuskind gefielen die Blüten sehr, und es griff mit seinen Händchen danach.

Die Pflanze mit den grünen Blättern stand noch vor der Türe. Als die Mutter Gottes sie herbeiwinkte, erschrak sie so sehr, dass sie zitterte. Sie schämte sich auch so sehr, dass sich ihre oberen Blätter ganz rot färbten, wie bei einem Menschen, wenn er einen roten Kopf bekommt.

Das Christkind aber lächelte und strich mit seinen kleinen Händen über die roten Blätter. Da spürte die Pflanze die Liebe des Kindes, und dass es denen hilft, die zu ihm kommen. Sie wusste, die roten Blätter hatte sie als Ersatz für die nicht vorhandenen Blüten bekommen – und eine große Dankbarkeit erfüllte ihr Herz.

Seit dieser Zeit heißt die Pflanze mit den grünen Blättern Weihnachtsstern. Und jedes Jahr zu Weihnachten bekommt der Weihnachtsstern seine roten Blätter.

Schaut nur, wie schön er ist.

UND DIE WINDE VERSTUMMTEN...

Die Heilige Nacht rückte näher. So hatte die himmlische Abordnung viel zu tun, um alle nötigen Vorbereitungen zu treffen. Der Stall, in dem das Christkind geboren werden sollte, stand schon lange in Wind und Regen. Die Bretter an den Wänden klafften auseinander und das Dach war von Rissen durchzogen. Deshalb verbot der Erzengel Gabriel den Winden das Stürmen, oder gar Schnee und Eis in den Stall zu wehen.

Den Winden gefiel das nicht; sie richteten sich gewöhnlich nach ihren eigenen Gesetzen. Dem Erzengel Gabriel aber getrauten sie sich nicht zu widersprechen und so bliesen sie nach dessen Ermahnungen sehr viel vorsichtiger.

Solange also die Engel auf Erden zu tun hatten, benahmen sich die Winde ganz sittsam. Auch als das Kind geboren war und den Hirten die frohe Botschaft verkündet wurde, gaben sie noch Ruhe. Doch kaum befanden sich die Engel auf dem Heimweg in den Himmel – das letzte Gloria war gerade verklungen – brachen die Winde los. Sie bliesen und pfiffen und tobten, als wollten sie den Stall, in dem das Kind in der Krippe lag, einreißen.

Das Wasser gefror in Wellen auf dem Teich. Den Hirten, die sich auf dem Weg zum Christkind befanden, bliesen sie die Laternen aus, so dass sie nur so durchs Dunkel stolperten. Dem alten Hirtenhund sträubten sich die Haare, derart rissen sie an seinem Fell. Die Blätter am Boden wirbelten wild durcheinander und so hoch hinauf, als wollten sie die Sterne verlöschen.

Im Stall war es eiskalt geworden. Die Mutter Maria und der heilige Josef froren und auch das Kind zitterte unter seiner Strohdecke; Ochse und Esel konnten es nicht einmal mehr mit ihrem Atem erwärmen. Die Mutter Gottes sah dies voll Kummer. Sie bat den heiligen Josef, er möge doch hinausgehen und die Winde bitten, ihr Stürmen einzustellen. Der heilige Josef versprach sich zwar nicht viel davon, weil aber die Mutter Maria ihn so sehr darum gebeten hatte, wollte er es wenigstens versuchen.

Er öffnete das große Tor – und sofort flog ihm sein Hut vom Kopf. Siehst du, hätte er am liebsten kleinmütig gesagt, das hat gar keinen Sinn. Sie hören ja doch nicht auf mich; und jetzt habe ich sogar noch meinen Hut verloren. Aber er besann sich eine Weile und sprach dann in die stürmische Nacht: „Ihr Winde hört, haltet ein, schaut euch das Kind an, wie es friert!"

Nun wurden die Winde doch neugierig, was es denn mit diesem Kind auf sich haben sollte, von dem schon so lange die Rede war. Huiii – stürmten sie durch das offene Tor in den Stall, dass sie beinahe ein paar ganz kleine Engel, die im Stall geblieben waren und auf einem Heuhaufen saßen, herabgeweht hätten. Die Winde sahen das Christkind, das in der Futterkrippe lag. Von ihm ging ein Leuchten aus, wie sie es noch nirgendwo auf der Welt gesehen hatten, obwohl die Winde doch überall zu Hause waren. Nun wussten sie, warum die Nacht so besonders war.

Und die Winde verstummten…

Sie vergaßen sogar zu wehen beim Anblick des Kindes. Der Schneesturm auf den Bergen legte sich, der Sandsturm in der Wüste verebbte. Die Winde hatten Besseres zu tun: sie fächelten dem Knaben linde Lüfte zu, sie säuselten ihm ein Schlaflied vor und konnten sich fast nicht mehr beruhigen vor Eifer, dem Kind zu dienen.

Die Mutter Maria legte ihr wollenes Tuch beiseite, der heilige Josef zog seine Jacke aus. Das Eis auf dem Teich schmolz. Dem alten Hirtenhund glättete sich das Fell. Die Hirten hatten ihre Laternen wieder entzündet; und als sie in den Stall traten, bekam der heilige Josef seinen Hut, den sie unterwegs gefunden hatten, wieder zurück.

So ist das auf der Welt: wenn Verbote nicht nützen, kann nur noch das Gebot der Liebe helfen. Wie bei den Winden, die aus Liebe zum Christkind das Stürmen vergaßen.

WARUM DER ENGEL LACHEN MUSSTE

Die bevorstehende Geburt des Christkinds bereitete den Engeln ziemliches Kopfzerbrechen. Sie mussten nämlich bei ihren Planungen sehr vorsichtig sein, damit die Menschen auf Erden nichts davon bemerkten. Denn schließlich sollte das Kind in aller Stille geboren werden und nicht einen Betrieb um sich haben, wie er in Nazareth auf dem Wochenmarkt herrschte.

Probleme gab es auch bei der Innenausstattung des Stalles von Bethlehem. An der Futterraufe lockerte sich ein Brett – aber hat jemand schon einmal einen Engel mit Hammer und Nagel gesehen?! Das Stroh für das Krippenbett fühlte sich hart an, das Heu duftete nicht gut genug und in der Stalllaterne fehlte das Öl.

Aber auch was die Tiere anbetraf, gab es allerhand zu bedenken. Genau an dem für den Engelschor auser-wählten Platz hing ein Wespennest. Das musste ausquartiert werden. Denn wer weiß, ob Wespen einsichtig genug sind, um das Wunder der Heiligen Nacht zu begreifen? Die Fliegen, die sich Ochse und Esel zugesellt hatten, sollten dem göttlichen Kind nicht um das Näslein summen oder es gar im Schlaf stören. Nein, kein Tier durften die Engel vergessen, das etwa in der hochheiligen Nacht Unannehm-lichkeiten bereiten könnte.

Unter dem Fußboden im Stall wohnte eine kleine Maus. Es war ein lustiges Mäuslein, das sich nicht so schnell aus der Ruhe bringen ließ, höchstens, wenn die Katze hinter ihm her war. Aber dann flüchtete es schnell in sein Mäuseloch zurück. Im Herbst hatte die

Maus fleißig Körner und Früchte gesammelt; jetzt schlief sie in ihrem gemütlichen Nest. Das ist gut, dachte der verantwortliche Engel, wer schläft, sündigt nicht, und bezog die Maus nicht weiter in seine Überlegungen ein.

Nach getaner Arbeit kehrten die Boten Gottes in den Himmel heim. Ein Engel blieb im Stall zurück; er sollte der Mutter Maria in ihrer schweren Stunde beistehen. Damit aber keiner merken konnte, dass er ein Engel war, nahm er seine Flügel ab und legte sie sorgsam in eine Ecke des Stalles.

Als die Mutter Maria das Kind gebar, war sie sehr dankbar für die Hilfe des Engels. Denn kurz darauf kamen schon die Hirten, nachdem sie die frohe Botschaft gehört hatten, und der Hütehund und die Schafe. Obwohl die Männer sich bemühten, leise zu sein, und sozusagen auf Zehenspitzen gingen, klangen ihre Schritte doch hart und der Bretterboden knarrte.

War es da ein Wunder, dass die Maus in ihrem Nest aufwachte? Sie lugte zum Mäuseloch hinaus und hörte die Stimme „Ein Kind ist uns geboren…", konnte aber nichts sehen. Neugierig verließ sie ihr schützendes Nest – und schon war die Katze hinter ihr. Schnell wollte das Mäuslein ins Mauseloch zurück, aber ein Hirte hatte inzwischen seinen Fuß darauf gestellt. „Heilige Nacht hin oder her", sagte die Katze zu der entsetzten Maus, „jetzt krieg ich dich!" Und damit ging die wilde Jagd los. Die Maus in ihrer Angst flitzte von einer Ecke in die andere, sauste zwischen den Beinen der Hirten hindurch, huschte unter die Krippe – und die Katze immer hinterher. Zwischenzeitlich bellte der Hütehund und die Schafe blökten ängstlich. Irgendwo gackerte aufgeregt eine Henne. Die Hirten wussten nicht recht, was los war, denn eigentlich waren sie gekommen, um das Kind anzubeten. Aber sie konnten ja ihr eigenes Wort nicht mehr verstehen und alles rannte durcheinander. Es ging zu wie in Nazareth auf dem Wochenmarkt.

Als die Engel im Himmel das sahen, ließen sie buchstäblich ihre Flügel hängen. Es ist tröstlich zu wissen, dass auch so unfehlbare Wesen wie Engel nicht an alles denken.

Das Mäuslein indessen befand sich in Todesangst. Es glaubte, seine letzte Sekunde schon gekommen, da flüchtete es in seiner Not unter die Engelsflügel. Im gleichen Moment fühlte es sich sachte hochgehoben und dem Zugriff der Katze entzogen. Das Mäuslein wusste nicht, wie ihm geschah. Es schwebte bis unters Dachgebälk, dort hielt es sich fest. Außerdem hatte es jetzt einen weiten Blick auf das ganze Geschehen im Stall.

Die Katze suchte noch ungläubig jeden Winkel ab, aber sonst hatte sich alles beruhigt. Der Hütehund bewachte die ruhenden Schafe. Die Hirten knieten vor der Krippe und brachten dem Christkind Geschenke dar. Alles Licht und alle Wärme gingen von diesem Kind aus. Das Christkind lächelte der Maus zu, als wollte es sagen, "Gell, wir wissen schon, wen die Katze hier herunten sucht." Sonst hatte niemand etwas von dem Vorkommnis bemerkt. Außer dem Engel, der heimlich lachen musste, als er die Maus in seinen Flügeln sah. Er kicherte und gluckste trotz der hochheiligen Stunde so sehr, dass sich der heilige Josef schon irritiert am Kopf kratzte. Es sah aber auch zu komisch aus, wie die kleine Maus mit den großen Flügeln in die Höhe schwebte.

  Die erstaunte Maus hing also oben im Dachgebälk in Sicherheit. Und ihre Nachkommen erzählen sich noch heute in der Heiligen Nacht diese Geschichte. Macht ihnen die Speicher und Türme auf, damit sie eine Heimat finden, die Fledermäuse, wie damals im Stall von Bethlehem.

DER ÜBERMÜTIGE KOMET

In unerschütterlicher Gleichmäßigkeit zogen die Sterne ihre vorgeschriebene Bahn, so wie Gott der Herr es bei der Schöpfung angeordnet hatte. Nur ein kleiner Komet konnte sich nicht fügen. Er wich immer wieder vom vorgeschriebenen Weg ab und sauste im Universum herum wie ein Schlittschuhläufer auf der Eisbahn. Schon ein paarmal hatte er deshalb im Himmel für Aufregung gesorgt und hoch und heilig Besserung gelobt. Aber nicht lange, dann fing das ganze Spiel von vorne an. Deshalb wurde der kleine Komet auch der übermütige Komet genannt; denn böse war er ja nicht. Der liebe Gott beschloss, den übermütigen Kometen mit einem Sonderauftrag zu betrauen, damit er sich etwas beruhigen könne. Die Geburt des Christkindes stand kurz bevor, und so sollte er den heiligen Drei Königen, die vom Morgenland nach Bethlehem reisen wollten, den Weg zeigen. Das war die richtige Aufgabe für den kleinen Kometen, und er konnte seinen Einsatz kaum erwarten.

Endlich war das Christkind geboren. Der kleine Komet bezog also Stellung über dem Morgenland. Dort sprang er so aufgeregt hin und her, dass ihn die drei Weisen wirklich nicht übersehen konnten. Sie hatten bereits ihre Kamele beladen und Gold, Weihrauch und Myrrhe für das Christkind sorgfältig verpackt.

Der kleine Komet zog also brav den Königen voran und wies ihnen den Weg. Aber nach einiger Zeit gefiel ihm die Reise mit den Kamelen nicht mehr. Während die Tiere Schritt für Schritt gemächlich durch den Wüstensand stapften, wurde er ungeduldig wie ein Kind, das herumhüpft, wenn es eine Weile langsam geradeaus gehen muss. So beschleunigte der kleine Komet sein Tempo, schlug einen Zickzackkurs wie ein Blitz und verschwand hinter der nächsten Milchstraße. Die Heiligen Könige waren etwas verunsichert, als sie den Stern nicht mehr sehen konnten. Doch da war der Komet plötzlich wieder, und so ritten sie beruhigt weiter.

Als die Reisegesellschaft in die Nähe von Bethlehem kam, hatte der kleine Komet von dieser langweiligen Wanderschaft endgültig genug. Er schlug einen Haken, wetzte seinen Schweif an einer Sternzacke und versteckte sich dahinter. Kein Wunder, dass die Heiligen Drei Könige jetzt in einer fremden Gegend nicht mehr zurechtkamen. Und weil sie gerade am Palast des Königs Herodes vorbeikamen, kehrten sie dort ein. So konnte sie der übermütige Komet natürlich nicht mehr sehen, als er hinter der Sternzacke hervorlugte. Er suchte hier und suchte dort, aber die drei Könige blieben verschwunden und nicht einmal von den Kamelen war noch eine Spur zu entdecken.

Herodes erschrak sehr, als er von dem neugeborenen Kind – dem Christkind – hörte, nach dem ihn die drei Weisen gefragt hatten. Er wusste nicht, wo dieser König zu finden sei und beschloss deshalb, in nächster Zeit alle neugeborenen Knäblein töten zu lassen, denn er wollte seine Herrschaft mit niemandem teilen.

In diesem Moment erwachte das Christkind. Es sah die drei Weisen im Palast des Königs Herodes stehen und wurde sehr traurig, denn es war ihm bekannt, was mit den unschuldigen Knäblein passieren würde.

Der kleine Komet, der sich nun genau über dem Stall von Bethlehem befand, wusste jetzt auch, dass er durch seinen Übermut die drei Weisen zum König Herodes geführt hatte. Vor Schreck stand er still, so still, dass sich nicht einmal mehr sein Schweif bewegte. Weil das Christkind aber seine Reue sah, verzieh es dem kleinen Kometen. Darüber freute er sich über alle Maßen. Er gelobte, nie mehr solche Dummheiten zu machen und schickte einen ganzen Sternschnuppenregen in die Nacht.

Die Heiligen Drei Könige, die inzwischen den Palast des Herodes wieder verlassen hatten, waren sehr froh, als sie den Stern wiedersahen. So fanden sie doch noch zum Christkind, denn der kleine Komet leuchtete vor Eifer so hell, dass die anderen Sterne buchstäblich neben ihm verblassten. Nicht einmal die Sonne am Tag konnte ihn vertreiben.

Jedes Jahr in der Heiligen Nacht steht er an derselben Stelle und leuchtet mit seinem hellsten Weihnachtslicht. Schaut hinaus, wenn es klar ist; ihr könnt ihn sehen, wenn ihr ein Herz dafür habt.

DER SCHWERMÜTIGE KAKTUS

Als Josef damals Maria in den Stall von Bethlehem führte, weil sie sonst nirgends eine Bleibe fanden, wurde es Maria ganz schwer ums Herz, solche Düsternis herrschte darinnen. Den Raum erhellte lediglich ein kleines Fensterchen, dessen Scheiben blind angelaufen waren. Etwas Licht fiel von dort auf Ochse und Esel, die Heu aus der Futterkrippe fraßen. Ansonsten befand sich nur noch altes, von einer dicken Staubschicht bedecktes Gerümpel in der Hütte.

Auf dem Fensterbrett hatte irgendjemand einen halbvertrockneten Kaktus abgestellt, der unbeachtet dahinvegetierte. Durch die Fensterluke drang kaum Helligkeit zu ihm, und ein paar Tropfen Wasser bekam er höchstens einmal, wenn die Magd gerade zufällig mit dem Eimer vorbeikam. Das war zum Leben zu wenig und zum Sterben zu viel. Ja, manchmal wäre der Kaktus lieber tot gewesen, als ein so vergessenes Dasein zu führen. Vor langer Zeit einmal hatte er geblüht, aber er konnte sich kaum mehr daran erinnern. Hier in dieser dunklen, verlassenen Hütte blieb kein Spielraum für eine frohe Rückschau. Er hatte nichts mehr zu erwarten.

Josef sah die unwirtliche Behausung samt halbvertrocknetem Kaktus eher von der praktischen Seite. Daher würde wenigstens niemand kommen und ihre Nachtruhe stören, nachdem sie so lange unterwegs gewesen waren und nirgends ausruhen konnten. Außerdem bot der Raum Schutz vor Wind und Wetter. Josef stellte eine Laterne auf den buckligen Fußboden und zog sich mit Maria auf den

Strohhaufen in der Ecke zurück. Hier gebar um Mitternacht Maria ihr Kind, wickelte es in die mitgebrachten Windeln und legte es in die Futterkrippe.

In diesem Moment verwandelte sich der armselige Stall in ein Lichtermeer. Die Wände der Hütte erglänzten, als wären sie von Gold überzogen, das Stroh leuchtete auf wie von Diamanten besetzt. Schimmernde Lichtbündel fielen auf das alte Gerümpel, und das Kind selbst umgab ein Strahlenkranz.

Der Kaktus erwachte aus seiner Schwermut. An dieser Herrlichkeit wollte er auch teilhaben. Die meiste Zeit seines Lebens war er abseits gestanden, und jetzt befand er sich im Mittelpunkt des Geschehens, ein Ereignis, das die Welt verändern sollte. Schon streckte er die welken Triebe, sie glätteten sich und bildeten an den Enden bereits

Knospen. Der Kaktus spross der Wärme entgegen und dem Licht, das nicht von draußen durch die Fensterluke kam, sondern von dem Kind in der Krippe, die neben ihm stand.

Die wundersame Verwandlung des Kaktus beobachtete der Esel mit ungläubigem Staunen. Selbstverständlich war auch er von dem heiligen Geschehen beeindruckt, aber er hatte genug vom trockenen Heu, und bemerkte mit Freude die grünen Triebe. Zudem lag das himmlische Kind auf seinem Futter. Als nun alles schier außer sich vor Entzücken über den Gottessohn war, begann der Esel, den Kaktus anzuknabbern. Gerade noch im letzten Moment flog ein Engel dazwischen und sprach streng: "Was fällt dir ein! Dir ist wohl gar nichts heilig. Wie kannst du immer nur ans Fressen denken?" Da schämte sich der Esel und ließ den Kaktus in Ruhe.

Der Kaktus bemerkte die begehrlichen Blicke und einnehmenden Absichten des Esels gar nicht. Er war über und über mit Knospen bedeckt, so dass er sie fast gar nicht alle tragen konnte. Glücklich begann er, eine um die andere zu öffnen, und sah letztlich aus wie ein rosaroter Blütentraum.

Josef wusste zwar, dass Maria den Gottessohn zur Welt bringen sollte, aber mit den damit verbundenen Aufregungen hatte er eigentlich nicht gerechnet. Nicht nur, dass er die Augen kaum noch offenhalten konnte, weil er sehr müde und außerdem von dem ganzen Glanz geblendet war, nein, jetzt kamen sogar noch die Hirten mit den Schafen herbei. Auch allerhand andere Leute betraten die Hütte, denn die Nachricht von der Geburt des Christkindes verbreitete sich wie ein Lauffeuer in der ganzen Gegend.

Bei der Krippe fand Josef keinen Platz mehr; so stellte er sich etwas unwillig neben die kleine Fensterluke. Da sah er den Kaktus in seiner Blütenpracht. Erst jetzt begriff der heilige Josef so ganz, was in dieser aufregenden Nacht geschehen war, und welche Wunder das göttliche Kind bewirken konnte. Bereitwillig öffnete er die Flügel des Tores, um alle Menschen hereinkommen zu lassen. Dann trat er an die Krippe und wiegte das Kind.

Der Kaktus vergaß diese Nacht nie. Er öffnet seine Blüten zur Weihnachtszeit und erinnert an die Wärme und denkt an das Licht, das nicht von außen kam, sondern in der Liebe seinen Ursprung fand.

DER BLINDE HIRTENKNABE

Zu den Hirten, die in der Nähe von Bethlehem die Herden hüteten und Nachtwache hielten, gehörte ein blinder Hüterknabe. Außer seinen Kleidern besaß er nicht viel: ein Essgeschirr, zwei Schaffelle und ein paar Taschentücher, denn ein Taschentuch braucht jeder ehrenwerte Mensch. Außerdem gehörte ihm noch eine Flöte, auf der er hübsche Melodien spielte – lustige, weil er ein fröhlicher Mensch war, und traurige, wenn ihm wieder bewusst wurde, dass sich bei ihm Tag und Nacht nur durch die Zeit unterschieden.

Die Hirten sorgten gut für den Knaben und hatten ihn gern. Sie versuchten, ihm die Dinge, die sie mit ihren Augen sahen, zu beschreiben und verständlich zu machen. Das war ein schwieriges Unterfangen, denn wie sollte sich der Knabe etwas vorstellen, was er noch nie gesehen hatte? Trotzdem hörte er ihren Beschreibungen so gerne zu. Der beste Freund des Knaben aber war ein braver, brauner Hund, der auf einem Bein lahmte. Der Hund wich ihm nicht von der Seite und begleitete ihn überall hin.

In jener Nacht verbreitete sich auf einmal Unruhe unter den Hirten. Der Knabe hörte wunderbare Musik, die von den Höhen zu kommen schien. Die Musik erklang immer deutlicher und eine helle Stimme sprach: „Fürchtet euch nicht, heute Nacht ist der Heiland geboren, ein Kind in einer Krippe liegend. Geht hin, es anzubeten." Dann versank alles wieder in nächtlicher Stille. Der Knabe dachte schon, er hätte geträumt, aber die Hirten benahmen sich sehr aufgeregt und sagten, das seien Engel gewesen. Sie beschrieben dem Knaben das Licht, das die Engel umspielte. Und wenn seine Augen auch nicht sahen, so konnte er doch fühlen, denn für solche Dinge hatte er ein feines Gespür.

Die Hirten trafen Anstalten, nach Bethlehem aufzubrechen. Den Knaben wollten sie diesmal nicht mitnehmen, weil die Nacht so dunkel und der Weg so beschwerlich war. Sie versprachen, ihm nach der Rückkehr alles zu schildern, was sie erleben würden, und machten sich auf den Weg.

Der Knabe war außerordentlich enttäuscht darüber. Natürlich könnte er dieses Kind nicht selbst sehen, aber vielleicht hätte er es ein klein wenig berühren können und hören, was im Stall vor sich ging. Das ließ ihm keine Ruhe, und er fasste einen Entschluss. „Komm, alter Freund", sagte er zu seinem Hund, „wir gehen auch nach Bethlehem." Er sah nicht, wie der Hund aufgeregt mit seinem Schwanz wedelte. Der Knabe steckte die Flöte in die Tasche, zog das Schaffell fester über die Schultern und schloss sorgsam das Gatter. Dann nahm er seinen Stock fest in die Hand und ging in die Richtung, in der die Schritte der Hirten verklungen waren.

Das war eine gefährliche Wanderung mit unbekanntem Ziel. Der Weg führte ins Ungewisse. Die Bäume rauschten im Wind, und auf den feuchten Steinen glitt der Knabe aus. Sogar der Hund, der den kleinen Hirten führen sollte, irrte umher. Aber der Knabe ging immer weiter, denn manchmal glaubte er, trotz Sturmgebraus ferne, leise Musik zu hören. Das gab ihm Mut und danach richtete er seine Schritte.

Sie waren schon eine ganz Weile unterwegs, als der Hund verharrte. Der Knabe bemerkte, dass sie an einer Hütte angekommen waren. Darinnen regte sich nichts. Er klopfte zaghaft. Der heilige Josef hatte nach den Anstrengungen in den letzten Stunden endlich ein wenig geschlafen, öffnete aber trotzdem freundlich die Tür. Der Knabe wusste nicht, wohin er sich wenden sollte, weil er sonst keinen Laut vernahm. Doch Maria war längst aufgewacht und bemerkte sofort, dass der Knabe nicht sehen konnte.

Sie führte ihn zur Krippe und legte das kleine Fäustchen des Christkinds in seine Hand. Dabei wurde ihm ganz leicht ums Herz, und er sah dieses Kind ganz genau vor sich. Es lächelte ihn an, und ein wundersames, warmes Licht erhellte den Raum. Daneben saßen Maria und Josef. Ochs und Esel schliefen nicht, sie hauchten das Kind an, damit es in der Kälte nicht fror. Im Hintergrund bemerkte er einige Engel, die sorgsam auf jede Geste des Kindes achteten. So schön hatte sich der Knabe das Geschehen nicht vorgestellt und glaubte, er träume einen herrlichen Traum.

Ganz benommen verließ er den Stall und begab sich auf den Heimweg. Der Sturm hatte sich gelegt, und am Himmel leuchtete ein großer, heller Stern. Schwanzwedelnd sprang der Hund neben ihm her. Plötzlich verhielt der Knabe verwirrt den Schritt. Sein Hund! Er konnte seinen Hund sehen! Und der Hund hinkte nicht mehr. Er konnte alles sehen – die dunkelblaue Nacht, den hellen Stern, den Stock, mit dessen Hilfe er sich immer fortgetastet hatte. Er konnte sehen, tatsächlich sehen. Das war kein Traum und keine Vorstellung, sondern es war Wirklichkeit.

Der Knabe sah sich andächtig um. Weit hinter ihm stand der Stall in der jetzt hellen Nacht. Dort hatte er das lächelnde Christkind gesehen. Er holte seine Flöte aus der Tasche und spielte ein fröhliches Lied, und sein Herz klopfte den Takt dazu. Das übermütige Gebell seines Hundes begleitete ihn.

Womöglich sollten auch wir uns auf den Weg machen nach Bethlehem – trotz Nüchternheit, Problemen und Weihnachtsstress. Vielleicht könnten auch wir „sehend" werden wie der Hirtenknabe.

Ob das Kind in der Krippe die Antwort weiß, wenn wir guten Willens sind?

DAS KLEINE LICHT

In der Hütte, die einmal der Stall von Bethlehem werden sollte, hing eine alte Laterne. Darinnen wohnte ein kleines Licht, das fröhlich brannte, wann immer es Gelegenheit dazu hatte. Leider war dies viel zu selten der Fall, denn in die alte Hütte kam am Abend nicht oft jemand, höchstens der Bauer, wenn er darinnen etwas suchte. Dann leuchtete das kleine Licht nach besten Kräften die Hütte hell, und – wenn das Tor offen stand – auch ein wenig hinaus in die Nacht, um vielleicht mit seinem Schein jemand zu trösten, der sich in der Dunkelheit verlaufen hatte.

Diese kurzen Zeiten, in denen das Licht brennen durfte, genoss es sehr. Es flackerte ein wenig, knisterte ein bisschen, und übermütig züngelte es auch manchmal etwas über die Lampe hinaus. Oft ließ das kleine Licht seine Gedanken spazieren gehen und dachte nach. Wie wäre es, wenn es am Tag brennen würde? Aber das war wohl nicht nötig, denn den Tag erhellte die Sonne, und die Dunkelheit vermochte nicht, den Tag zu verfinstern. Aber das kleine Licht konnte ein wenig die Dunkelheit erhellen, das war doch wirklich wunderbar.

Viel zu schnell vergingen die Stunden, und traurig rauchte das kleine Licht, wenn es wieder ausgeblasen wurde, oder das Öl zu Ende ging. Dabei träumte es bisweilen, es hinge am Himmel als immer leuchtender, heller Stern. So wurde das kleine Licht entzündet und verlöschte wieder, das war alles. An die langen Pausen dazwischen, wenn es nicht brannte, hatte es keine Erinnerung.

Eines Tages geschah etwas Aufregendes in der Hütte mit der Laterne – ein Ochse und ein Esel bezogen dort Quartier. Nun konnte das kleine Licht täglich brennen, denn Ochse und Esel mussten ja versorgt werden. Das war ein lustiges Leben voll Abwechslung. Zum Nachdenken blieb oftmals keine Zeit. Nur wenn der Knecht hin und wieder mit dem Ochsen oder dem Esel schimpfte, erschrak das Licht und zitterte, so dass die Schatten an den Wänden auf- und niedertanzten.

Eines Nachts, als Ochse und Esel längst schliefen, entzündete ein fremder Mann das kleine Licht, weil er mit seiner Frau im Stall die Nacht verbringen wollte. Das kleine Licht erhellte begeistert den Raum, denn um diese Zeit hatte es noch nie gebrannt. Die Frau gebar ein Kind, und in diesem Moment erstrahlte der Stall in himmlischem Glanz. Goldene Strahlen verschenkten ihre Wärme, silberner Schimmer drang in jede Ecke. Das kleine Licht war ganz geblendet von diesem leuchtenden Schein. In all der Herrlichkeit konnte es nicht genug schauen, und spürte sofort, dass ein Wunder geschehen war.

Als später Hirten den Stall betraten, schwächte sich der himmlische Glanz ab. Zuletzt lag nur noch ein goldener Schein über dem Köpfchen des Kindes, das die Hirten anbeteten. Das kleine Licht strengte sich an, und erhellte den düsteren Raum so gut es konnte. Es brannte die ganze Nacht, und noch einen Tag, obwohl die Sonne am Himmel stand, und das Öl längst verbraucht war. Der Bauer wunderte sich darüber, aber in diesen Tagen geschah so viel Unerklärliches... Das kleine Licht fühlte sich sehr glücklich. Es wurde nicht müde, seinen Schein und seine Wärme zu verschenken.

Eines Tages begab sich das Paar mit dem Kind auf die Reise. Den Esel nahmen sie mit, weil er ihre Habseligkeiten tragen musste, und den Ochsen führte der Knecht in einen anderen Stall. Dem kleinen Licht wurde es so schwer ums Herz, dass es am liebsten geweint hätte, aber das durfte es nicht, sonst hätte es sich selbst gelöscht. So seufzte es nur wehmütig: „Ach, nun ist all die Herrlichkeit vorbei. Ich werde nur noch selten brennen und dabei sehr alleine sein." Das Kind in der Krippe aber sprach zu ihm: „Sei nicht traurig, kleines Licht. Du hast uns die ganze Zeit so treulich deinen Schein und deine Wärme geschenkt. Deshalb sollst du ab jetzt in den Herzen der Menschen brennen, wann immer sie an mich denken." Da weinte das kleine Licht vor Freude, und ist trotzdem nicht erloschen.

Noch viele Jahre brannte das kleine Licht in der Hütte, wann immer es Gelegenheit dazu hatte. In den Herzen der Menschen aber, die an das Christkind denken, brennt es heute noch, und besonders hell in der Weihnachtszeit.

DIE VERGESSENE TROMPETE

Die Nacht war dunkel und bitterkalt, als die Hirten Wache hielten bei den Schafen. Sie wärmten sich die klammen Finger am Feuer, damit sie in der stockfinsteren Nacht nicht einschliefen und dabei gar noch erfroren.

Auf einmal erschien am Himmel ein helles Licht. Mit Pauken und Trompeten verkündeten die Engel die Geburt des Christkindes. Das helle Licht ließ die Musikinstrumente erglänzen, als wären sie aus purem Gold.

Ein ganzer Engelchor sang das „Gloria". Doch die Himmelsboten hatten es eilig, die Verkündigung hinter sich zu bringen, denn sie wollten möglichst schnell Gottes Sohn als kleines Kind in der Krippe im Stall von Bethlehem sehen. Sie rafften ihre Instrumente zusammen und flogen davon. So kam es, dass ein Engel seine Trompete vergaß, als er mit den anderen forthastete. Da lag sie nun, die himmlische Trompete, vergessen auf der Weide bei den Schafen.

Nicht viel später trottete an dieser Stelle der graue Elefant vorbei. Er hatte sich in der Heiligen Nacht, wie die anderen Tiere auch, auf den Weg zum Christkind gemacht. Als er so daher marschierte, sah er am Boden etwas Glänzendes liegen, ein Ding, das er noch nie gesehen hatte. Es war die himmlische Trompete, die vergessen am Wegrand lag. Neugierig befühlte sie der Elefant mit seinem Rüssel, spielte ein wenig damit herum, rollte sie hin und her. Plötzlich gab das Ding ein Geräusch von sich, das ihn ziemlich in Erstaunen versetzte. Er entlockte ihm noch weitere Töne, probierte ein wenig herum, und begeistert trompetete er in die Nacht hinaus. Der Elefant mit dem dicken Fell und dem weichen Herzen hatte ausgesprochene Freude an seinem neuen Spielzeug. „Tatü-tata", schallte es über die Felder, und kein Mensch konnte sich einen Reim darauf machen, denn eine Funkstreife gab es ja damals noch nicht. Die Leute in Bethlehem sprangen aus ihren Betten, weil sie keine Ahnung hatten, was diese Töne bedeuten sollten.

Je näher der Elefant dem Stall kam, umso leiser wurde der Klang der Trompete, als spürte er genau, dass er das Kindlein nicht erschrecken dürfe. Als der Elefant endlich dort angelangt war, sah er mit Bedauern, dass sein großer Körper in der Hütte keinen Platz hatte. So blieb er davor stehen, streckte nur ganz vorsichtig den Kopf durch das große Tor, und sah mit Entzücken das himmlische Kind in seinem Licht und die Engel überall. Er nahm behutsam die Trompete, rollte sie mit dem Rüssel auf und ab und blies ein bisschen hinein. Ganz zart erklang ein Trompetenton, und das Eselein stieß einen tiefen Seufzer aus, so gut gefiel ihm das. Es mochte gar nicht an sein klägliches I-A denken, ganz zu schweigen vom Ochsen, der nur ein einsilbiges Muh hervorbrachte.

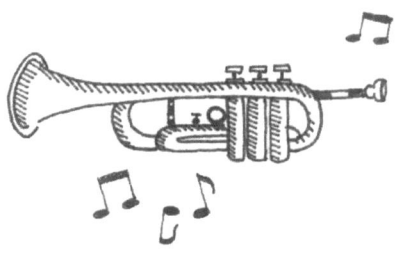

Der vergessliche Engel hatte natürlich sein Instrument gleich erkannt und wollte es gerne wiederhaben. Aber er brachte es nicht übers Herz, dem Elefanten die Trompete wegzunehmen, weil der einen solchen Spaß daran hatte. Außerdem gefiel dem Christkind die Vorstellung des Elefanten besonders gut: Er scharrte mit dem linken Fuß, klappte die Ohren auf und ab, stocherte mit den Elfenbeinzähnen in der Luft herum, rollte den Rüssel ein und aus, und dazu blies er ganz vorsichtig auf der Trompete. Auch die Engel fanden das ausgesprochen lustig, denn einen Elefanten gab es im Himmel nicht. Maria und Josef hatten kein bisschen Angst, und die Hirten spielten dazu mit ihrer Flöte. Es herrschte eine fröhliche Stimmung im Stall.

Später ging der Elefant wieder nach Hause. Die Trompete aber nahm er mit. Er spielt heute noch darauf, in der Hoffnung, dass die Menschen mit ihrem Herzen hören können, was damals in der Heiligen Nacht Wunderbares geschehen war.

GLORIA IN EXCELSIS DEO

Die Engel, die erwählt wurden, nach der Geburt des Christkindes den Hirten die frohe Botschaft zu verkünden, freuten sich sehr. Es galt als große Ehre, für diese Aufgabe ausgesucht zu werden. Die meisten Engel kannten die Erde nur vom Hörensagen, kaum einer hatte sie in den letzten Jahrtausenden betreten. Das war doch einmal eine Gelegenheit, sie näher zu betrachten, denn wenn die Engel vom Himmel auf die Erde schauten, sahen sie lediglich ein wenig Meer und Berge und Wald – weiter nichts.

Der Engel Jerome freute sich besonders, dass er bei den Auserwählten sein durfte. Seit langer Zeit schon interessierten ihn die Menschen, aber er hatte keine Gelegenheit gehabt, sie näher kennenzulernen, außer, wenn sie in das Ewige Reich eingingen. Er wollte die Möglichkeit nützen, die sich ihm auf Erden bot.

Das Christkind hatte gerade im Stall bei Ochse und Esel das Licht der Welt erblickt, als die Engel auf den Weiden bei den Schafen ankamen. Ihre Gewänder schimmerten in makellosem Weiß. Die Wiesen waren in strahlendes Licht getaucht. Posaunen und Trompeten erklangen. „Gloria in excelsis deo" schallte es über die Hügel, und die Hirten fielen auf die Knie. Aber alles ging ziemlich schnell vorüber. Es trat wieder Stille ein. Die Engel hatten noch nicht viel gesehen, da kehrten sie schon in den Himmel zurück. Nur Jerome blieb auf der Erde. Diese Gelegenheit würde sich wahrscheinlich erst wieder beim Jüngsten Gericht bieten, aber so lange wollte er auf keinen Fall warten (obwohl er sich dafür auch schon angemeldet hatte). Jerome legte sein Engelwesen ab, um einige

Tage wie ein Mensch unter Menschen zu leben. Im Himmel, hoffte er, dürfte seine Abwesenheit kaum auffallen, denn dort galten Erdenstunden nur so viel wie eine Sekunde einer Ewigkeit.

Neugierig blickte sich Jerome um. Dabei stellte er mit Schrecken fest, dass er in der Dunkelheit nicht mehr sehen konnte. Gott sei Dank stand der Komet mit seinem hellen Licht am Himmel. Der Engel, der kein Engel mehr war, fing an zu frieren. An Kleider hatte er gar nicht gedacht. Nach langer Suche fand er bei einem Heuschober eine alte Decke, die ihn vor der ärgsten Kälte schützte.

Zwischenzeitlich hatten sich die Hirten schon auf den Weg zum Christkind gemacht. Sonst war keine Menschenseele unterwegs, was Jerome sehr enttäuschte. Er fühlte sich ziemlich einsam, wie er so allein durch die Nacht wanderte. Angst kroch in ihm hoch, und das Herz schlug ihm bis zum Halse. Der euphorische Zustand schwand. Hunger und Durst stellten sich ein, Müdigkeit überfiel ihn, und sein Rücken schmerzte. So hatte er sich die Erlebnisse auf Erden nicht vorgestellt. Und das Fortbewegen auf zwei Beinen war nicht so einfach wie mit Engelsflügeln. Zeit und Raum hielten ihn gefangen.

Jerome beschloss, in einer alten Hütte am Wegrand die Nacht zu verbringen. Er verkroch sich im Heu und versuchte, ein wenig zu schlafen, obwohl ihn Heuhalme in Arme und Beine stachen. Ein Mensch zu sein, so philosophierte er, bringt allerhand Unannehmlichkeiten mit sich. (Er nahm sich vor, seine Bewerbung für den Erdengang anlässlich des Jüngsten Gerichts zurückzuziehen.)

Am anderen Morgen befanden sich viele Leute auf
der Straße. Jerome schloss sich einer Gruppe von
Männern an, um sich mit ihnen zu unterhalten. Doch
sie nahmen kaum Notiz von ihm, sahen nur abfällig
seine zerrissene Kleidung. Hunger und Durst quälten
ihn immer stärker. Was nur sollte aus ihm werden?
Schließlich setzte sich Jerome auf einen großen Stein
am Wegrand und ließ den Kopf hängen. Ein Engel
war er gewiss nicht mehr, und bei den Menschen fand
er sich nicht zurecht.

Eine junge Frau mit ihrem kranken Kind auf dem
Arm kam vorbei. Sie befand sich auf dem Weg zum
Christkind, um es zu bitten, ihr Kind zu heilen. Sie
fragte Jerome teilnahmsvoll, warum er so traurig sei.
Jerome hob etwas den Kopf und sagte niederge-
schlagen. „Ich habe mich in eine Situation begeben,
aus der es keinen Ausweg gibt." Sein Magen knurrte
ganz laut dabei. Die junge Frau gab Jerome zu essen
und zu trinken. Gleich fühlte er sich etwas besser.

Jerome fasste Vertrauen zu der jungen Frau und erzählte ihr seine Geschichte. Aufmerksam hörte sie zu und sah Jerome an. Nein, diese Augen logen nicht. Zum Schluss meinte sie. „Komm mit zum Christkind, vielleicht kann es auch dir helfen."

Jerome erschrak sehr, denn überall sonst wollte er lieber hin, als gerade zu Gottes Sohn. Aber die Frau fasste ihn ganz einfach bei der Hand und nahm ihn mit. Allerhand Zweifel nagten an ihm, ob er wirklich auf dem richtigen Weg sei. Nur ein eigenartiges Gefühl der Zusammengehörigkeit mit dieser jungen Frau, die zielstrebig ihren Weg verfolgte, und ihn so treulich führte, hielt ihn aufrecht.

Als sie endlich ihr Ziel erreicht hatten, drängten viele Menschen in den Stall, um das Christkind zu sehen. Jerome wurde gezogen und geschoben. Plötzlich stand er vor der Krippe. Zuerst sah er Ochse und Esel. Es kam ihm so vor, als ob ihn der Esel auslachen würde, während er Jerome zu verstehen gab: „Also wirklich, ich als Esel wäre nicht so dumm gewesen, mich auf derartiges einzulassen. Und dieser jämmerliche Lappen, den du umhängen hast. Am liebsten würde ich dir einen Fußtritt geben, dann könntest du wieder fliegen!" Jerome verschlug es die Sprache. Wut stieg in ihm hoch, und er hätte dem Esel am liebsten eins übergebraten. Bei aller Engelsgeduld, das war doch die Höhe. Zu allem Unglück machte sich dieser freche Esel auch noch über ihn lustig.

Jerome fühlte den Blick des Christkinds auf sich ruhen. Sofort vergaß er seinen Ärger und wurde ganz kleinlaut. Jerome stand vor der Krippe so stark und schön in seiner Ursprünglichkeit und doch so kleinmütig und hilflos in seiner Menschengestalt. Das Christkind schüttelte ein wenig sein blondes Köpfchen und sagte fast unhörbar: „Aber Jerome, warum bist du so verzagt? Weißt du nicht, dass Gott alles verzeiht?" Bevor Jerome antworten konnte, wurde er schon weitergeschoben. Die Menge, die ein Wunder erwartete, oder auch nur das Kind anbeten wollte, drängte nach. Unversehens fand er sich wieder draußen vor dem Stall. Da stand auch die junge Frau. Glücklich und dankbar liebkoste sie ihr gesundes Kind.

Jerome blickte verwirrt um sich. Er empfand Unsicherheit. Was nur war anders geworden? Die alte Decke fiel zu Boden, Jerome fühlte sich leicht. Und er begriff: Der Engel Jerome brauchte keine Decke mehr. Obwohl Jerome so zweifelnd und ängstlich zum Christkind gekommen war, bekam er sein Engelwesen zurück. Das Christkind wollte ihm sagen: Auch dir hat Gott verziehen. Glücklich kehrte er nochmals zur Krippe zurück und dankte von ganzem Herzen. Nun verzieh er auch dem Esel, obwohl ihm dies wirklich nicht leicht fiel, denn der Graue hatte ihn tief getroffen.

Seinem eigenen Wesen gemäß begleitete Jerome die junge Frau nach Hause. Sie fühlte sich so mühelos, dass sie den Boden kaum berührte, und auch ihr Kind auf dem Arm war leicht wie eine Feder. Zwar konnte sie Jerome nicht mehr hören und sehen, doch sie wusste, wer ihr half.

Etwas verspätet, aber um viele Erfahrungen reicher, kehrte der Engel Jerome in den Himmel zurück. Mit seinem neuerworbenen Verständnis für menschliche Probleme versucht er heute noch vom Himmel aus den Menschen beizustehen. Wenn nun jemand erzählt, ihm hätte anscheinend ein Engel aus einer schwierigen Situation geholfen, dann könnte es Jerome gewesen sein, denn er fühlt sich für besonders komplizierte Dinge zuständig.

DIE NACHT DER TIERE

In jener Nacht, als der helle Stern über dem Stall leuchtete und das Erscheinen eines noch strahlenderen Lichtes ankündigte, rührte ein seltsames Gefühl an die Herzen der Tiere. Sie hielten in ihrer Tätigkeit inne, oder erwachten aus tiefem Schlaf, und spürten eine Wärme, die sie sonst nicht kannten.

Der Löwe sprach zur Gazelle: „Hast du auch diesen seltsamen Ruf gehört?" Und sie machten sich beide auf den Weg. Desgleichen gingen die Gans und der Fuchs nach Bethlehem sowie der Affe und die Eidechse. Sogar das Blässhuhn verließ sein schützendes Nest. „Du hast es gut", rief die Schildkröte dem Adler in den Lüften zu, als dieser über sie hinwegflog. „Aber wohin willst du eigentlich?" „Keine Ahnung", gab der Adler zur Antwort. „Ich folge dem Ruf."

So zogen alle Tiere, die auf der Erde lebten, nach Bethlehem, weil sie ihrem Herzen spürten, dass ein Wunder geschehen war.

Als der heilige Josef das Kratzen und Scharren sowie die vielen Stimmen an der Tür des Stalles vernahm, bekam er einen gehörigen Schreck. In großer Sorge um Mutter und Kind wusste er nicht, was er tun sollte, aber Maria beruhigte ihn. „Es sind die Tiere", erklärte sie ganz selbstverständlich, „auch sie sind Gottes Geschöpfe und kommen, das Kind anzuschauen." Josef war noch immer bekümmert, ob nicht ein Tiger hereinspringen und ein großes Unglück anrichten würde. Doch die Engel öffneten ganz einfach das große Tor, und dann kamen alle herein, brav und diszipliniert, wie sich dies in einer so heiligen Stunde gehörte. Manche schnaubten und brummten ein wenig und neigten ihren Kopf.

Die Katze strich um die Krippe, der Hund rieb sein Fell daran und wedelte mit dem Schwanz. Die Vöglein setzten sich auf den Rand der Krippe und sangen. Zwischen den morschen Brettern der Hütte wob eine Spinne ihr Netz, damit die Kälte nicht so hindurchziehen konnte. Das Mücklein tanzte im Licht der Laterne, der Hase setzte sich auf die Hinterpfoten und machte Männchen. Der Regenwurm wand und drehte sich, und das Christkind musste lachen, so lustig sah das aus. Vor lauter Stolz und Verlegenheit wurde der Regenwurm ganz rot dabei.

Nachdem der dicke, brummige Bär mit den Bienen hereinkam, erschrak selbst Maria ein wenig. Doch die Bienen summten nur ganz leise, der Bär brachte Honig und strich mit seiner Tatze über die Bretterwand. Plötzlich erschien der Kopf der Giraffe an der Krippe. Sie streckte den langen Hals und seufzte. Auch das Nilpferd und der Elefant fanden keinen Platz im Stall und steckten nur den Kopf durch das große Tor herein. Sie benahmen sich tadellos, und der Elefant saugte sogar mit seinem Rüssel den Staub von den Dachbalken, damit die Engel nicht dauernd niesen mussten.

Die braune Henne legte im Heu ein Ei, und die schwarzgescheckte Kuh gab einen großen Eimer voll Milch. Der Frosch blies sich auf und quakte laut. Damit Maria dem Christkind ein weiches Kopfkissen machen konnte, gab das schneeweiße Lämmlein seine Wolle. Der Igel brachte auf seinen Stacheln einen Apfel mit, und das Eichhörnchen schleppte Nüsse heran. Etwas enttäuscht war die Schnecke, weil der heilige Josef keinen Gebrauch von ihrem Haus machen konnte, das sie ihm anbot.

Die Prozession der Tiere wollte kein Ende nehmen. Maria und Josef schliefen schon, als noch immer Tier um Tier an der Krippe vorbeikam. Nur das Christkind blieb wach und freute sich über ein paar bunte Federchen, die der Papagei verloren hatte. Die Tiere saßen auf dem Boden, im Heu oder in den Dachbalken und schenkten dem Kind ihre Liebe. Das Christkind sah mit großen Augen auf sie und verstand ganz genau ihre Sprache.

Alle Tiere gingen schließlich wieder nach Hause und lebten ihr gewohntes Leben weiter. Auch heute noch fängt der Fuchs den Hasen und die Katze die Maus. Aber tief in ihren Herzen haben sie das Erlebnis bewahrt. Denn jedes Jahr am Heiligen Abend reden sie miteinander von der Nacht, in der sie dem Rufe folgten und in der Krippe im Stall von Bethlehem das Christkind fanden.

DIE HEILIGE DREI KÖNIGIN

Königin Almira saß nachdenklich am Frühstückstisch. Vor drei Tagen hatte ihr Mann sein Sonntagsgewand angezogen und seinen Turban aufgesetzt, und sich auf die Reise begeben, in Begleitung von zwei befreundeten Königen, mit denen ihn die Sterndeuterei verband. Die drei Könige gehörten ganz verschiedenen Ländern und Kulturen an, aber sie hatten ein gemeinsames Ziel: Einen Stern, der sie führen und zu einem neugeborenen Kind bringen sollte. Dieser König musste sehr wichtig sein.

Der Blick von Königin Almira schweifte in weite Fernen, als ein heller Gegenstand in der Nähe ihre Aufmerksamkeit erregte und im Sonnenlicht aufleuchtete. Die Königin sah zu ihrem Schrecken, dass ihr Mann in der Eile des Aufbruchs die Schatulle mit dem Gold vergessen hatte, die er dem neugeborenen König als Geschenk darbringen wollte. Das war allerdings ein ziemliches Missgeschick; ihr Mann würde mit leeren Händen dastehen und sich tüchtig blamieren.

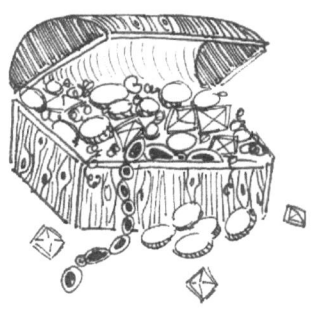

Die Königin überlegte nicht lange. Sie rief ihren treuen Diener Achmed, warf ihren Umhang über die Schulter, nahm die Schatulle mit dem Gold unter den Arm und reiste nun ihrerseits hinter ihrem Manne her, um ihm das Geschenk für den neugeborenen König nachzubringen. Drei Tagesreisen, so dachte sie, das ist nicht viel, und in Kürze habe ich die Karawane eingeholt. In weiter Ferne sah sie den Stern am Himmel leuchten – er sollte ihr als Wegweiser dienen.

Als einige Tage vorüber waren, wunderte sich die Königin, dass sie ihren Mann noch nicht eingeholt hatte, denn sie war eigentlich gut vorangekommen. Sie konnte auch keinerlei Spuren von der Reisegesellschaft entdecken. Und der Stern, der ihr schon so nahe schien, hatte sich zwischenzeitlich wieder weiter entfernt. Er leuchtete fordernd und tröstlich zugleich, als wollte er sagen, du musst zwar reisen, aber ich begleite dich dabei.

Die Königin fühlte sich unbehaglich. Sie hatte nur wenig Geld bei sich, und auch alles andere bei dieser Reise ließ zu wünschen übrig. Sie stand da, ohne Gefolge, lediglich mit ihrem Diener Achmed, der zwar sehr treu, aber nicht gerade mutig war. Zudem machte es ihr keinen Spaß, immer hinter den anderen herzulaufen und sie doch nicht zu erreichen.

Aber die Königin ließ den Mut nicht sinken. Sie reiste weiter, immer auf der Suche nach dem großen Gefolge der drei weisen Männer. Zwar dachte sie öfter an Umkehr, doch sie hatten sich schon sehr weit von zu Hause entfernt, und ihre finanziellen Mittel neigten sich dem Ende zu. Das Gold aber wollte sie nicht angreifen. So war es vielleicht klüger, weiterhin auf ein Treffen mit ihrem Mann zu hoffen. Sie befand sich jetzt auf etwas anderen Wegen, weil sie vermutete, dass die drei Könige ihre Route ein wenig gewechselt hatten. Aber so sehr sie und Achmed sich auch beeilten vorwärtszukommen – erfolglos verging Tag um Tag. Zwar trafen sie hie und da auf Reisende, doch niemand hatte eine Gesellschaft gesehen, die hinter einem Stern herzog.

Der Stern indes strahlte wieder näher und heller, als wollte er mahnen, weiter, nur weiter. Du wirst doch nicht aufgeben. Nein, aufgeben wollte die Königin nicht. Mit Sorge dachte sie an ihren Mann. Wo nur waren er und seine Freunde geblieben?

Die Königin kam in Gegenden, die sie noch nie gesehen hatte. Alles mutete fremd und geheimnisvoll an, und nicht nur einmal musste sie Achmed beruhigen, obwohl ihr eigenes Herz lautstark klopfte, weil sie so alleine und schutzlos und weit von der Heimat entfernt herumirrten. Sie wusste nur, dass sie weitergehen und ihr Ziel erreichen musste, obgleich sie selbst nicht mehr genau sagen konnte, ob das Ziel das Auffinden ihres Mannes oder etwas ganz anderes war. Der Stern leuchtete einmal nahe und einmal weiter entfernt, einmal mehr rechts und einmal mehr links des Weges, als wollte er sie ein wenig zum Narren halten.

Eines Tages überfielen sie Räuber. Es waren bärtige Männer, die mit vornehmen Leuten nicht viel Federlesens zu machen schienen. Achmed gelang es gerade noch, die Schatulle mit dem Gold in einem Dornengestrüpp zu verstecken. Die Männer verlangten Geld und Schmuck, aber die Königin hatte fast alle wertvollen Ringe und Armbänder schon für

Logie und Verpflegung verbraucht. Die Strauchdiebe reagierten sehr wütend und zogen ihre Messer. Achmed hätte ihnen am liebsten das Gold gegeben, doch die Königin verbot es ihm mit strengem Blick, obwohl sie selbst zu Tode erschrocken war. Schließlich gab sie den Räubern noch ihren Talisman, von dem sie sich bis jetzt nicht getrennt hatte –eine goldene Halskette mit einem großen Rubin. Daraufhin ließen die Räuber von ihnen ab und gingen ihres Weges.

Das Herz der Königin war sehr schwer geworden, denn außer ihrem Leben und den Kleidern besaßen sie nichts mehr, und sie wusste nicht, wie es weitergehen sollte. Da sah sie plötzlich den Stern stille stehen, wie festgenagelt auf einem Platz, über einem alten Stall in der Ferne. Es sah aus, als wollte er winken und sagen, hier komm her, jetzt wird ja endlich alles gut.

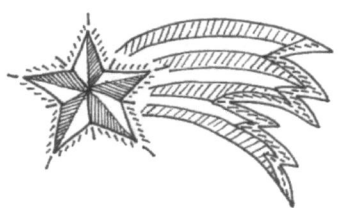

Die Königin überlegte. Sie musste auf ihrer Fahrt schon manches einfache Quartier in Kauf nehmen, aber einen Stall hatte sie noch nie aufgesucht. Doch in ihrer Not blieb ihr keine andere Wahl, und sie eilten der Hütte entgegen.

Im Stall war es gemütlich warm. Eine kleine Laterne verbreitete mildes Licht und erhellte den Raum, dessen Mittelpunkt eine Futterkrippe war, in der ein Kind lag. Das Kind lächelte und wundersames Strahlen verbreitete sich im Stall. Eine Frau und ein Mann wiegten das Kind, Ochse und Esel ergänzten die Szenerie.

Vor der Futterkrippe knieten drei Könige und beteten das Kind an. Der eine König überbrachte Weihrauch als Geschenk, der andere Myrrhe, der dritte König aber nur sein Herz, denn das Gold hatte er ja in der Eile des Aufbruchs zu Hause vergessen. Von dem großen Gefolge war nichts zu sehen.

Natürlich spürte die Königin sofort, dass dieses Kind in seiner Armut der neugeborene König war, und sie empfand große Freude. Dies war das Ziel, dem ihre Reise galt, deshalb hatte sie alle Strapazen auf sich genommen. Und Gott hatte es gefügt, dass sie gerade hier doch ihren Mann wiederfand, der sie glücklich in seine Arme schloss.

Zusammen überreichten sie dem heiligen Josef die Schatulle mit dem Gold. Der dachte bei sich, so viel Reichtum für uns arme Leute, und sah dabei ganz verwirrt aus. Aber er konnte das Gold schon nötig gebrauchen, wo er doch mit der Mutter und dem Kind in Kürze nach Ägypten reisen sollte, und sich schon der Kopf darüber zerbrochen hatte, woher er das Geld dafür nehmen sollte.

Hinter der Königin stand Achmed. Obwohl er nicht ganz begriff, warum alle vor dem Kind knieten, verließ ihn plötzlich die Angst, und er fühlte sich sehr mutig.

Die Heilige Drei Königin verließ den Stall und sah dankbar auf zu dem Stern, der bewegungslos in seiner Pracht leuchtete. Er gab Zeugnis von dem Kind, vor dem Könige verschiedener Herkunft und Rasse in Eintracht knieten, und das sein Lächeln allen Menschen schenkt, gleich welche Hautfarbe sie haben.

Jutta Fellner-Pickl, geboren im Mai 1939, ist gelernte Großhandelskauffrau.

Schon in jungen Jahren schrieb sie gerne Gedichte.

Parallel zu ihrer Berufstätigkeit war sie Mutter und Hausfrau, und hat fast 20 Jahre in der Familie gepflegt.

Richtig zum Schreiben kam sie während einer schweren Krankheit. In dieser Zeit brachte sie anfangs in bedrückenden Gedichten ihre schwierige Lebenssituation zum Ausdruck.

Weiterhin verfasste sie Erzählungen, Märchen und Glossen.

Besonders bekannt sind ihre Weihnachtsgeschichten aus dem Büchlein
„Warum der Engel lachen musste", die in Büchern, Zeitschriften und Kalendern publiziert wurden.

Veröffentlichungen:
„Warum der Engel lachen musste"
„Von Sternenlicht bis Mondgeflüster"
„Das Wunder der Weihnacht"

Jutta Fellner-Pickl lebt am Chiemsee. Sie geht in die Berge, schwimmt im See, besucht Senioren in Heimen, und liebt ihren Garten. Sie ist sehr beschäftigt, liest unwahrscheinlich gerne, und zum Entspannen schaut sie Krimis.